# ふづくら幻影

長田典子

思潮社

それぞれの火焰　家のかまどに埋めたまま
ばらばらに
おむかえはなく　船には乗らず
そらではなく
商店街のある町へ
電子レンジやカラーテレビのある町へ

村は水底にしずみました

（「水のひと」より）

村の野辺送りの場面が幻想的に描かれているが、ここには同時に社会の現実変化もある。昭和三十年代後半、電気製品やテレビの普及で町は一気に明るくなった。アスファルト道路にはオートバイや自家用車が走り始めた。人々はこの便利さを手放すことができなくなった。電力のお陰なのだ。長田は社会批判をこの詩集で試みているのではない。このようにしか生きられなかった村人の思いとみずからの原郷を湖底から浮上させ、命を吹き込んだのだ。詩集の最後に配された作品「巡礼」は「ふづくら」への祈りと重なる。故郷喪失の幻影はヨーロッパを旅する長田の胸に時に不安を暗示する。石畳の坂に立ち込める霧のむこうには未知の原郷、新たな「ふづくら」が見えてくるのだ。

男の子の仲間に加われず、地団駄踏みながらもどこかに幸福感が漂う。
前詩集『ニューヨーク・ディグ・ダグ』でアメリカ、ニューヨーク滞在の時間を個人史と絡めた表現で描き切った作品は多くの注目を集めた。ひるがえって、この『ふづくら幻影』は消失した原郷を克明に奪還する作業でもある。忘れ去りたい思い出や過去が水の幻影のように蘇ってくる。あれは夢だったのだろうか。少女は細部を生き生きと再現する。大人になってからの目と少女の目が混在する表現は読者をぐいぐいと未知の過去に引き込んでいく。感傷に溺れた表現ではない。

けんろくさんだ
ひいじいさんだよ
おむかえがきたんだよ

背中でまどろむわたしに
子守のおねえさんがそっと教えてくれた
庭でおさんぽがてらに見上げてた
火の玉　つめたく　まぶたに沁みた
（中略）
ひとびとは　崖を上へ上へと登って行った

びたび出かけた。清流の美しさと浅瀬を群れなす若鮎の記憶。城山ダム貯水の源となる川は道志川と相模川。不津倉は二十七世帯という小さな村だった。

長田典子も日本全国に起こった電力供給拡大のために村を捨てたひとりだ。この詩集の数篇を読んだだけで私には津久井の山並みや川、木々のみどり、季節の変化が目の前に迫ってくる。さらに言えば、当時の日本人が共通に喪ったものも。長田を取り巻いていた家族の絆、隣近所のあけすけな生活、金銭に還元できない人情、朝鮮人の友人、原っぱの昆虫、小動物やメダカとの交流、時に牙をむく川の流れや美しいせせらぎ、谷間から見る細長い空。長田にはここが世界の中心だったのだ。それが或る日、大人たちの都合で追放を余儀なくされる。渓谷にこだまする岩盤爆破の音。「ドーン、ドーン、……／空が曇ると　耳の奥で／爆発音が響いていた／ドーン、ドーン、ドーン、……／／昭和三七年の夏　我が家にセドリックがやってきた」（作品「セドリックとダイナマイト」冒頭）。まだ幼かった少女の目に映ったのは突然新車に乗って茅葺屋根の家の前に止まった父の姿だ。のちにこれが土地移転にともなう補償金のお陰だと知る。村が、世界が、確実に変貌しつつあることを感じずにはいられない。

作品「お祭り」には原風景が生動する。女の子ゆえに参加できなかった「お神輿かつぎ」。猫やねずみや山羊も「でんぐりがえる」。「お稲荷さん食べて　おだんご食べて／月も星もススキもいっしょにでんぐりがえれ／お祭りだ／黒曜石のお祭りだ」。

詩集『ふづくら幻影』に寄せて

# 故郷喪失の向こうに見える原郷

八木幹夫

ふづくら! なんとなつかしい響きだろう。旧津久井郡中野町不津倉は昭和三十年代の終りに湖底に完全に沈んだ村だ(現在の神奈川県相模原市緑区津久井湖)。私事だが、私の両親はこの津久井湖を越えた中野町奈良井で生まれた。父は十三歳で東京神田の洋服業の修業に出て、水天宮近くで幼なじみの母と所帯を持ち、洋服屋を開業した。その後、相模原市橋本に移転した。昭和十三年頃のことである。戦争を挟んで日本の電力需要は昭和二十年代後半から急速に高まり、各地でダム建設ラッシュが始まった。水没する村や町の住人たちはいやいやながらも法外な立退料に面喰い、次々と故郷を捨てた。

長田典子が少女期を過ごした「ふづくら」という村も例外ではなかった。中野町の中では荒川地区と並んで河岸段丘のもっとも川に近い村である。父や母はしばしばこの地名を口にした。不津倉地区に知人がいたことや移転景気で洋服の注文も多かったのだろう。子供の耳は不思議な記憶を持ち続けている。「ふづくら」が「不津倉」という漢字にたどり着くのはずっとのちの話。荒川には橋本から川遊びにた

# ふづくら幻影

長田典子

思潮社

# 目次

装画＝武田史子
本文組版・装幀＝思潮社装幀室

# ふづくら幻影

長田典子

# 祈り

あなたたちの涙は
とつぜん
冬の水位として移動する
続く血脈をたどり
伝えよ、と
頭蓋に滴るので
悲しみが込みあげてしまうのだ
寒いでしょう
冷たいでしょう
結露する窓枠
見る

見えない
津久井の山々
青く霞む稜線が
疾うに失われた地名へとわたしをみちびく
津久井町中野字不津倉（あざふづくら）
湖底の墓地に今もまだ横たわる
遠い血脈
はじまりの
あなたたちのことを
伝えよ、と
冬の水位　滴るので
窓は　ここで
永遠に結露する

*

# 夏の終わり

今年の夏は雨が少なかった

墓参のために
湖にかかった橋を車で渡ると
湖は渇水していて
茶色い斜面が剝き出しになっていた

あれは
何十年も前のこと
ダムの施設点検のために
湖から水がぜんぶ抜かれたことがあった

家の跡が見られるかもしれないというので
家族で底まで降りて行ったのだった

集落があった場所へ続く道は
まだそのまま残っていた

車一台通れるか通れないかの幅の道を歩き
この曲がり角にはネムノキがあったっけ
このあたりにはホタルブクロ　ここにはシャガが咲いていた
ここからは湧き水が出ていて　沢蟹がたくさんいたと
まだ若かったおじやおばたちも一緒に
賑やかに話しながら坂を降りて行くと
視界が一気に開けて
集落のあった場所に出た
川まで続く段々に下っていく地形も

まだそのままだった

薬師様の横を下り　そうめん屋の前を通り　段々に降りて行くと
家の前に出た
そのあたりは
大きな棕櫚の木が立っていた
秋になると　根元で
ジャノヒゲの青い実が　空を映して照っていた

わたしたちは　無意識に
庭の入り口だった場所から
失われ空白となった土地に入って行った
ここが庭　このあたりが築山
ここには柚子の大木があった
母屋はここ　玄関　台所　風呂場
製紐工場は母屋に対して直角に建っていた

倉庫はこっち　倉庫の横には赤紫蘇が生えていた
みんなで記憶をたどりながら
あったはずの家や庭の跡を歩き回ったのだった
川原の方を見ると
蛇行した形のまま　土地が凹んでいた

あれから　もう何十年も過ぎていた

盆もとっくに過ぎた夏の終わり
今年の夏は雨が少なかった
湖は渇水していて
茶色い斜面が剝き出しになっていたから

墓参のために湖を渡る橋の上で
運転する男に言った
またあの道を歩いてみたい

あなたに
あの場所を見せてあげたい、と

湖の底に続く道の入り口には
誰がしたのだろう
鉄パイプで道の脇が手すりのように補強されていた
道の崩壊を防ぐためか
または斜面そのものを保存するためだろうか

道は途中から消えかかり
獣道のようになっていた
わたしは　新しく家族になった男と
枝分かれして　なかったはずの道に迷い込んでは
引き返し
落ちていた木の枝で蜘蛛の巣を掃い
倒木を何度も跨ぎ

崩れ落ちそうな斜面を
ここは　むかし道だったのだからと
滑り落ちそうになりながら下って行った
まだ陽は高いはずなのに
森の中は暗くて先がよく見えなかった
この道を蛇が横切るのを何度も見かけたのを思い出して
マムシがいるから気をつけてね、と
はしゃいだ声で振り返っては男に言いながら
山を下り続けると　鬱蒼とした広葉樹の間から
下の方に　湖の底に堆積した茶色い土が広がっているのが見えた
薬師様のあたりだろうか
しかし　その横に伸びていた
いつも陽が射した明るい道は見当たらず
棚田は埋もれ
土が水平に広がっていた
集落は　もう本当に閉じられてしまった、

消滅してしまったかのようで
わたしたちは
湖に続く暗くて深い森に迷い込み
実は遭難しそうになっていたから
あきらめて　また道なき道を引き返した
倒木を何度も跨ぎ越し
蜘蛛の巣を掃い
崩れかけた斜面を転げ落ちそうになりながら
ここは　むかし道だったのだからと
この道を歩いて毎日学校に通ったのだと
このあたりにはホタルブクロ
このあたりにはシャガが群生していたと
わたしは何度も同じことを繰り返しながら
登って行った

清水の湧き出る岩場はもう探せなかった

毎朝触っては葉っぱを閉じさせたネムノキはもうなかった

もう完全に閉じてしまったのかしら、呟くわたしに
五、六歳の子がこんな山道を毎日通っていたなんてすごいじゃない、と
男は　呼吸を荒げるわたしの背中を
後ろから押した
汗ばんだわたしのTシャツの
肩甲骨の下あたりに
羽根を取り着けるみたいに
温かい両手をあてて

ふたりで
やっとの思いで登って行くと
秘密基地にして遊んだドングリの大木の根が
土を鷲摑むようにして立っていた
思わぬ場所に

シャガが新しく群生していた
尖った葉先が
ラピスラズリ色の空に向かって
翼のように
わさわさと　伸びていた

# 上を向いて歩こう

工場（こうば）には
数えきれないたくさんの製紐機（せいちゅうき）が
何列も　何列も　並んでいた
ガチャガチャ、ガチャガチャ、音をたて
昼も夜も止まることなく回っていた
この音がないと落ち着かなかった
危ないから入っちゃだめと言われても
ガチャガチャ、ガチャガチャ、
うるさすぎるその場所は
大きい声を出しても誰にも聞こえないから
たった一人になれるような気がして

工場はわたしの遊び場だった

♪上を向いて歩こう
涙がこぼれないように
思い出す　夏の日
一人ぽっちの夜♪

幼すぎたわたしの涙は
ガキ大将に帽子を取られたり
転んで膝が痛かったり
叱られたときだけに
出る涙だったが

はじめのフレーズだけを覚えて
大声で繰り返し歌いながら
両脇にびっしり機械が並んだ通路を

練り歩くようにして行くと
暗い工場の天井は　青い夜空になって
無数の星が輝きはじめた

何百台もの製紐機がたてる大騒音は
大騒音を通り越して
ひたすら静かで
満天の星が
きらきら　きらきら
わたしのからだに満ちていった

我が家には　いつも
何人かのお姉さんやお兄さんが住み込みで働いていた
夕食後　わたしは毎晩その人たちに混じってテレビを見ていた
歌いながら練り歩いていると

小僧と呼ばれる少年が立ったまま居眠りをしていた
星空の下なのだから当たり前だった
プロレスの大好きなお姉さんは機械と取っ組み合うみたいに
素早く腕を動かしていた
ゆうべのプロレスの試合が頭によみがえった
工場の中には
父も母も祖父も祖母も近所のおばさんもいた
みんな
工場の天井に広がる美しい夜空の下で
製紐機に糸を掛け
ハンドルを回しながら
どんな夢を編み込んでいたのだろうか

♪上を向いて歩こう
涙がこぼれないように
思い出す　夏の日

一人ぽっちの夜♪

今でも
ガチャガチャ、ガチャガチャ、
びっしり並んだ製紐機のたてる豪快な音は
耳の中で鳴っていて
人の声は
水の膜が張ったように聞こえにくい
それでも
忘れない
失われた土地の名を

つくいまち　なかの
あざ　ふづくら

一人ぽっちの夜を

＊「上を向いて歩こう」（別名「SUKIYAKI」） 中村八大作曲。永六輔作詞。一九六一年、歌手坂本九により歌われ、大ヒットした歌謡曲。

# バャリースのオレンヂジュース

バャリース、バャリース、バャリースのオレンヂジュース！

家の奥座敷で
毎年やった製紐工場の忘年会と新年会には
従業員のお姉さんやお兄さんや近所のおばさんや家族みんなも集まった
広い座卓の上では
赤玉ポートワインとバャリースのオレンヂジュースの瓶が
燦然と輝いていたんだ
こどもはジュースと言われても
こっそり飲んだ赤玉ポートワインの甘さは忘れない
バャリースのオレンヂジュースは

ケーキやお寿司とセットで並んだ贅沢品
とろ～りとろける甘い蜜柑に似た味で
オレンヂと蜜柑は同じものだと思っていた

バャリース、バャリース、バャリースのオレンヂジュース！

暑い夏の午後
川原には
黒く焦げた石が丸く並べられていて
香ばしい匂いがまだ残っていた
周りには
黄色いバャリースの空き缶が転がっていた

バャリース、バャリース、バャリースのオレンヂジュース！

まだ　のこってるぞぉ！

ガキ大将がそう言って
川原に転がるジュースの缶を拾い
思いっきり逆さにして口を付けたっけ
真似して空き缶に口を付けて吸っても
鉄臭い甘い匂いだけがして
ジュースは一滴も落ちてこなかった
いくつ試しても同じで

バヤリース、バヤリース、バヤリースのオレンヂジュース！

コマーシャルではチンパンジーが
山高帽子に三つ揃えのスーツや豪華なドレスを着こなし
西洋風の御屋敷でバヤリースを飲んでいたな
恰好いい紳士淑女に変身して

バヤリース、バヤリース、甘くてさっぱりバヤリース！

夏のこども会では　いつもラムネだった
こども会の夏の行事のたびに
新調したワンピースを着せてもらった
ちょうちん袖やひらひらのスカートから出た手足は
真っ黒に日焼けしていて
おかっぱ刈り上げ頭のわたしより
コマーシャルのチンパンジーの方が
ずっとずっと文化的で垢抜けていたんだ

バャリース、バャリース、バャリースのオレンヂジュース！

川原の岩場で
宝探しでもするように
黄色い空き缶を見つけては吸い付いていると
若い男が岩場を登ってきて

空き缶に吸い付くわたしたちを驚いた目で見た
あの目
あの目をときどき思い出すが
へへ、
あたいら、妖怪・川猿だぁ！
とは言えず

バャリース、バャリース、
果汁二十パーセント、バャリース！

カウボーイハットみたいな麦藁帽子をかぶった
痩せた若い男
ギンガムチェックのシャツにジーンズを穿いていた
都会から避暑に来てたハイカラな人
に向かって
おめぇ、あにみてんだぁ。

おらんほぅの川原で、あにしてんだぁ！
とも言えず
悪戯がばれ
大恥をかいた気がして
ばらばらと一目散に走り
家に逃げ帰ったんだ

バャリース、バャリース、
バャリースのオレンヂジュースは
忘年会と新年会の飲み物だ！

夏の贅沢は
蒸かしたじゃがいもに塩をふって食べること
茹でたとうもろこしに齧り付くこと
お祭りの日には　切り割られた大きなスイカに
思い切り食らい付いたっけ

出っ歯の子は　がぜん有利だった
ふだんは薄汚れた服を着て
やばんじん丸出しのわたしたちだったけど
さっき採ったばかりのじゃがいもやとうもろこし、スイカの味は
どれも百パーセント本物だった

バャリース、バャリース、さっぱり薄味バャリース！

今でも
バャリースのオレンジジュースは
忘年会と新年会のテーブルに並ぶ必需品
ひっそり底力を発揮している
まばゆく輝く黄色を見るたびに
甘くて　鉄臭くて　中身が一滴も落ちてこなかった
黄色い空き缶が目に浮かぶ
ときどきアルコールの合間に口にするけど

セロファンみたいな薄味が
たまんなく好きなんだ

バヤリース、バヤリース、バヤリースのオレンヂジュース！

# セドリックとダイナマイト

ドーン、ドーン、……
空が曇ると　耳の奥で
爆発音が響いていた
ドーン、ドーン、ドーン、……

昭和三七年の夏
我が家にセドリックがやってきた

茅葺屋根の家の庭に
ピカピカの白い自動車がとまっている写真は
ずっと閉じ込めていた記憶だった

恥ずかしいくらい　ちぐはぐで
不釣合いで
誰にも見せたくなかった

お揃いのワンピースを着て
姉妹三人並び
美容院帰りの母と一緒に
車の前に立って写した写真は
皆　どこか居心地の悪そうな顔をしている
はやく　はやくと　父がせっついて並ばせたのだろうが
子どもたちには
セドリックはただの白い箱でしかなかった

前の年の
曇天の寒い日
大人たちが　背中をかがめ

囲炉裏端で
声をひそめて話すのを聞いていた
…………あたりで……でかい…………
……ハッパをかけるんだとよ………
ハッパはダイナマイトのことだとすぐにわかった

その頃からだ　空が曇ると
心臓が壊れたように高鳴り
わたしの耳の奥で
ドーン、ドーン、と
爆発音が響くようになった
ドーン、ドーン、ドーン、……
ダム建設のため　地形を整えるのに

山や谷に仕掛けられたダイナマイトの音は
予知聴のようにわたしの耳で響きはじめ
セドリックがきたときも　曇天で
わたしの耳の奥では　爆発音がしていた

秋になる頃
わたしの足にギプスが必要になった
父は　毎朝わたしを車に乗せて
切り立った河岸段丘の上にある学校まで送ってくれた
校庭を横切って　教室の前にぴったりと車は横付けされ
わたしは　まるで大会社の社長令嬢のようだった
車のドアを開けて外に出るたびに
大勢の子がわたしを取り巻き
走り去るセドリックの後を別の子どもたちが追いかけて走った

学校から帰ると

わたしはさっさとギプスをはずして
映画スターのように
ボンネットの上に寝転がりポーズをとってみた
足を組んで座って　つんとした顔で斜め上を見た
腹ばいになって頬杖をつき　にんまり笑った
コカ・コーラやレコード、だっこちゃん人形、ディズニーの腕時計、
町の下宿先から帰宅するたびに
お土産を持ってきてくれたおじやおばの
都会の匂いのする指たちが写してくれたが
写真の中のわたしは　いつも
毛糸のパンツが
堂々とはみ出ていた

冬
わたしの耳の奥では　相変わらず
ダイナマイトが爆発を続けていた

あの冬
家族みんなで出かけた帰り
夜遅く真っ暗な山道をセドリックが走り降りていくと
谷に続く雑木林の藪で火が出ていた
誰かが背広の上着で懸命に火を消していた
父は車をとめると
火消しを手伝いはじめた
二人の男の背広の上着が交互に炎の上を舞い
鎮火する父ともう一人の男の姿が
黒くシルエットになって見えていた
運転手のいない車は坂道に停車し
今にも動き出してしまいそうだった
心臓が壊れたように高鳴り
耳の奥でダイナマイトが頻繁に爆発を繰り返した
吐き気が増して
トイレにも行きたくなった

はやく家に帰りたいと思った
茅葺屋根の　あの家に戻りたかった
やがて火が見えなくなると
父は何もなかったかのように
運転席に戻り車を発進させた

茅葺屋根の家の前にとまったセドリックの
ちぐはぐな写真を見て
白いピカピカのセドリックは合図だったのだと
大人になって気がついた

あれは　まだ入らないダムの補償金をあてにして買ったのだった……

ダイナマイトは
山や谷を崩壊するだけでなく
予めわたしの耳に音を宿し

小さな火の粉を　そっと我が家に忍び込ませ
家ごと
白い炎が燃え上がろうとしていたのだった

セドリックに乗ると
すぐに車酔いをして
はやく家に帰りたいと思った
茅葺屋根の　あの家に戻りたかった

## しらんぷり

若い女が行方不明だ
言うが早いか父は寝巻きから消防団の制服に着替えて
出かけて行った
嵐になれば
水は茶色く淀み
家のすぐ下まで這い上がってくる
闇一色に包まれ
懐中電灯の明かりが交差する夜の川原は
どんなだろう

……お父ちゃん…はやく帰ってきてね……

わたしは布団を頭までかぶって
真昼の川原のことを考えた

はこべ　ひめじょおん　かたばみ　ほとけのざ
教えてもらった花の名前たち
川原には　いつも顔見知りのおねえさんたちがいて
はこべ　ひめじょおん　かたばみ　ほとけのざ
お花を集めて遊んでいた
わたしは石探しに夢中だった

石　石　石　石たち
大きいの　小さいの
いつもキラキラ光ってわたしを呼んでいた
あ、みーっけ！
駆け寄るとただの石になってしまう白に黒が混じった石

いつかきっと　光り続ける石を見つけるんだ
走ってはしゃがみ　走ってはしゃがんで
石に顔を近づける
目を大きく開けて確かめるたびに
石は必ず口を閉ざす　普通の石になってしまうのに
川原のあちこちで
石が光ってわたしを呼んでいた
手を振ってるみたいに光っていた

なにしてるの？
おねえさんたちはときどきわたしに尋ねてきた
わたしはいつも　石、とだけ答えた
はこべ　ひめじょおん　かたばみ　ほとけのざ
花びらをごはんにしておままごとしましょ
束ねて仏さまにお供えしましょ
はこべ　ひめじょおん　かたばみ　ほとけのざ

教えてもらった花の名前たち
夕方　どこからともなく煙のいい匂いがしてくると
またあしたって家に帰った
きょう　わたしは
ひめじょおんの花を摘んで大事に束ねてもってきた
仏さまにお供えしましょ
牛乳瓶に挿して枕元に置いて寝た
川の匂いを嗅ぎながら

……お父ちゃん…はやく帰ってこないかな……

どうどうどうどう流れる水の音
波の筋がむくむくむくむく膨らんで
ごつんごつんごつんごつん石が怒ってぶつかりあう川底の音で
頭がばくはつしそうになったのは夢の中でのことだったのか
あの夜

父たち消防団員たちは夜通し叫び続け
捜し続けていたのだろう……

布団を頭からかぶって
うとうとしていると
闇の奥から
ひぃ、と
女の人の声がした
つかまっちゃった！
大きな魚に呑み込まれちゃった！
おねえさん
おねえさーん！
ひめじょおんがろうそくみたいに白く燃えているよ
こどもだけで川に入っちゃいけないのに
ぜったい入っちゃいけないのに

はこべ　ひめじょおん　かたばみ　ほとけのざ
はこべ　ひめじょおん　かたばみ　ほとけのざ

明け方
帰って来た父に聞くと
友だちとボートで遊んでいて落ちたんだ
それだけ言って布団にもぐってしまった

昼間になって
明るくて
暑くて
ぼやっと靄のかかった川原に行くと
川はいつも通りに流れていた
いつも通りおねえさんたちもいて
川を見ながら口々に言った
キャンプで来てた人が死んだんだよ

きのうお花をあげた人だよ

ジュースの空き缶が
無造作に川原の真ん中にいくつか転がっていた
缶の口から
鉄の混じった
甘い匂いがぷんとした

はこべ　ひめじょおん　かたばみ　ほとけのざ　ほとけのざ
はこべ　ひめじょおん　かたばみ　ほとけのざ　ほとけのざ

川はしらんぷり　しらんぷり
石はしらんぷり　しらんぷり
キラキラ　キラキラ
光っているだけ

# 蛍

蚊帳の中で祖母と寝ようとしていると
浴衣を着た近所の子たちが
ばたばたと縁側に寄って迎えに来た
寝巻きのまま　わけもわからず
立てかけてあった竹箒を持たされて
みんなの後を追って走って行った
水車小屋の横の小さな沢のあたり
真っ暗闇の中を
ぽわんっぽわんっ　ぽわんっぽわんっ
揺らめきながら光るものがたくさん飛んでいて
みんなは影絵のように

虫取り網や座敷箒などで　すいっ　すいっ　と
蛍を捕まえていった

草木の匂いが胸の奥まで沁み込んできた
蛙の鳴き声や虫の音が　息苦しいほどにあふれかえっていた
小川は底の小石と戯れるように　そろそろと流れていた

誰かが歌い始めた

ほ　ほ　ほたるこい
あっちのみずは　にがいぞ
（きろきろきろきろじぃじぃじぃじぃ）
こっちのみずは　あまいぞ
（しゃらしゃらしゃらしゃら　ぽこっ　ぽこっ）
竹箒は小さなわたしには重すぎて
やみくもに振り回していただけだった

守備よく虫捕り網を持参していた子の虫籠の中で
蛍が　お尻を黄色く光らせていた
家まで送ってくれた近所のおねえさんが
わたしに一匹分けてくれたから
蚊帳の中の枕元に放して
青臭い蛍の匂いを嗅ぎながら
そのまま眠ってしまったんだ
夜の闇いっぱいに注がれる
蛙の鳴き声や虫の音を子守唄に聞きながら
ほたるこい　を口の中で歌いながら

ほ　ほ　ほたるこい
あっちのみずは　にがいぞ
（きろきろきろきろじぃじぃじぃじぃ）
こっちのみずは　あまいぞ
（しゃらしゃらしゃらしゃら　ぽこっ　ぽこっ）

ほ　ほ
ほたる
こい

ぽわんっぽわんっ　ぽわんっぽわんっ
蛍は
オルガンの鍵盤を黄色く灯し
暗く折れ曲がった坂道を黄色く灯し
教会のとんがり屋根を黄色く灯し
わたしも　いっしょに
夜空を飛んだ

朝になると
蛍はただの黒い虫になって
蚊帳の隅で死んでいた

仲良しのおねえさんがいる斜向かいの家まで走って行くと
軒下に吊り下げられた虫籠の中で
蛍は青臭い匂いのまま元気だった
緑の葉っぱに乗っかっていた
おじさんが　口いっぱいに水を含み
ぷふううぅっ、と噴き出して
葉っぱの上の蛍にかけた
蛍は嬉しそうに足をちぢめていた
葉っぱはいっそうあおあおと色を濃くした
すごい技だった
あの霧吹きの技は
たぶん　誰もまねできない
夜になれば
またお尻を光らせてやるとでも言うように
蛍は
黒い背中をてらてらさせていたんだ

# 水のひと

野辺送りのぎょうれつが
坂道を登って行く
いまにも雨が降り出しそうな
暗い　霞んだ　崖の縁を
しろだれ　ひらひら　かぜに舞い
先頭には　水色の装束のひとびと
そろそろ　進む
靄に浮かぶ四角い木の箱
運ばれて行く
ぐらぐらゆれて
そらに向かう船のよう

あかい火　あおい火　きいろい火
火の玉　ゆらゆら　木箱の周りをまわってる

けんろくさんだ
ひいじいさんだよ
おむかえがきたんだよ

背中でまどろむわたしに
子守のおねえさんがそっと教えてくれた
庭でおさんぽがてらに見上げてた
火の玉　つめたく　まぶたに沁みた

船は靄の中をそろそろ進み
進み
いまごろ
宝が池の上あたり

夜中に目が覚め　ふとんの中で
昼間の火の玉　思い出す
ゆらゆら　ゆれて
まぶたに沁みた　つめたい炎
けんろくじいさんは四角い船で
そらにおでかけ
あかい火　あおい火　きいろい火
ゆらゆら　ゆらゆら　火の玉　連れて

しろだれ　ひらひら　かぜに舞う
なんにちなんねんいくせいそう
めぐりめぐりて

あかい火　あおい火　きいろい火
草葉の陰から　ゆらゆら　見てた
ひとり　ふたり　さんにん　と

ひとびとは　崖を上へ上へと登って行った
それぞれの火焔　家のかまどに埋(うず)めたまま
ばらばらに
おむかえはなく　船には乗らず
そらではなく
商店街のある町へ
電子レンジやカラーテレビのある町へ

村は水底(みなぞこ)にしずみました

しろだれ　ひらひら
なんにちなんねんいくせいそう
めぐりめぐりて

あかい火　あおい火　きいろい火
靄に烟った水底で

灯っている
水中火（すいちゅうか）
泳いでいる

けんろくじいさんは
すでに
水底にもどっているそうです
あかい火　あおい火　きいろい火
ゆらゆら連れて
きょうは草葉の仲間と祭りのじゅんび
鮒や鯉も
泳いでいる

商店街のある町で
溺れたひともいるそうです

# お祭り

てててんつく　てててんつく　どんどんどん

わっしょい　わっしょい
いつもいっしょの男の子たちが
遠くで神輿をかつぐ
わっしょい　わっしょい
植木に囲まれ　そこだけ円く明るむ庭に反響する
遠い声
知っているのに知らない人の
わっしょい　わっしょい

あたしもお神輿かつぎたかった
とつぜん知った
せかいのそとがわ
薄暗い
奥座敷の真ん中で
わんわん泣いて　じだんだふんだ
叫びながら　じだんだふんだ
あたしもお神輿かつぎたかった
泣きながら　でんぐりがえり
でんぐりがえり

ててんつく　ててんつく　どんどんどん

猫がねずみを咥えて
庭に座る
明るく円い光の真ん中に

まだ震えてるねずみを置いたから
捕まえて
ひきだしの箱に隠したよ
猫はぷいっと植木の陰に消えてった

ててんつく　ててんつく　どんどん
ぴーひゃらひゃら
どん

裸電球　麦藁の匂い
秋祭りの夜
はちまんさまのお座敷は
うすぼんやりの幻燈だ
男衆の和太鼓どんどこどんどこ
お稲荷さん食べて　おだんご食べて
お腹まんまる　涙も乾く

あたしはでんぐりがえる　でんぐりがえる
月はぴかぴか光っていたよ
ススキは穂を銀色にゆらしたよ

わっしょい　わっしょい
でんぐりがえる

そらいちめんの星きらきらきらら
山羊が草の葉裏に赤い実みつけて口に入れる
朝になったら　あたしはひろうよ
山羊が落とした　ひみつの黒曜石

ててんつく　ててんつく
どん　どん　どん
わっしょい　わっしょい
でんぐりがえる

お祭りだ
猫もねずみも山羊もいっしょにでんぐりがえれ
だれも知らない真夜中の
スポットライトの真ん中で
お稲荷さん食べて　おだんご食べて
月も星もススキもいっしょにでんぐりがえれ
お祭りだ
黒曜石のお祭りだ
藁や落ち葉や小鳥が落とした羽根のお神輿
作ろうよ

わっしょい　わっしょい
どん　どん　どん

黒曜石のお祭りだ

## かーん、かーん、キラキラ

雪、ゆき、雪、
まーっしろ、キラキラ
野原に
ひざまでつもった
雪
しーちゃんと長靴で足跡を付けて歩きまわる
聞こえない音が
かーん、かーん、キラキラ、
響きわたり
ふたりの声は　長靴の音は
雪野原に吸い込まれていく

かーん、かーん、キラキラ、
朝
学校は休み

しーちゃん
あなたは今
どこにいますか

いっぱいあそんだあとは
いっつもおなかがすいた
しーちゃんの家に行くと
お父さんもお母さんもいない
いっつもいない
おそくまでいない
しーちゃんは小さな手で塩おにぎりを握ってくれた
小学三年生のしーちゃんの手は

まほうの手だった

おにぎりを頬ばりながら
しーちゃんは　うちあけた
おとうさんね
よく　泣くの
くにからの　お手紙よみながら

おとなが泣くとは知らなかった
家に帰ってまっさきにおばあちゃんにおしえると
おばあちゃんは
おくにに帰りたくても帰れないんだよ
だれにも喋っちゃだめだよ
ふしぎなことを言った
おまえはしーちゃんと
なかよくしなくちゃいけないよ、って

しーちゃんは
わたしのいちばんのおともだちで
そんけいするおねえさんだった

しーちゃんのお母さんは
出かけるとき
リヤカーをひいて出かけた
ウチに電話がかかってくると
しーちゃんちに走って呼びに行った
黒電話の受話器にむかって
しーちゃんのお母さんは
聞いたことのないことばで喋っていた

ダム建設のために
村の家が一軒、また一軒と引っ越していったとき

しーちゃんも
いつのまにか
どこかに行ってしまった
何も言わないで

雪、ゆき、雪、
まーっしろ、キラキラ
だれもいない
雪野原
かーん、かーん、キラキラ
雪の
無音の音が響きわたり
しーちゃんはいない
ひとりぼっちの雪野原はつまらなくて
足跡ちょっと付けても足跡じゃなくて

ウチもいよいよ引っ越すことになったころ
しーちゃんが森戸坂の橋に立っていたよ
だれかが言っていた
朝鮮学校の制服を着ていたよ
チマ・チョゴリって言うんだよ、って

ひざまでつもった
雪野原に穴をあけながら
しーちゃんといっしょに歩きまわった朝
たくさんの穴をあけた
ふたりで　長靴で
ぼっこん　ぼっこん
たくさんの穴をあけたのに

ひとりぼっちの雪野原はつまらなくて
足跡ちょっと付けても足跡じゃなくて

胸のあちこちに
ぼっこんぼっこん
たーっくさんの穴があいた
ひゅうーっ、にゅうーっ、ひゅうーっ、にゅうーっ、
冷たい風が　いつまでもいつまでも
吹き抜けていった
きーん、きーん、きーん、きーん、
凍えて　凍えて　痛かった　痛かった
いーいーいーったかったんだよ！

しーちゃんは
知らない服を着て
知らない学校に行ってしまった
もう　にどと
会えないところに行ってしまった
ひゅうーっ、にゅうーっ、ひゅうーっ、にゅうーっ、

かーん、かーん、キラキラ、
かーん、かーん、キラキラ、

しーちゃんと
わたし
なにもちがわないよね
しーちゃん
おくにが違っても
朝鮮学校の制服を着ても着ていなくても
なにもちがわないよね
ひゅうーっ、にゅうーっ、ひゅうーっ、にゅうーっ、
いっしょに雪を踏んで遊んだね
いっしょに塩おにぎりを食べたよね

かーん、かーん、キラキラ、

かーん、かーん、キラキラ、

しーちゃん、
あなたは今
どうしていますか

# 川は流れる

めだかがすいすい泳いでくる
めだかがすいすい泳いでくる

夏になると
めだかがたくさんやってきた

両足の指をいっぱいに開いて
底に転がる石に　指をひっかけ踏ん張る
手ぬぐいを広げ　両端をぐっとつかんで
川の中に沈めて待っていると
めだかの群れがその上を通り過ぎる

ななつ上の　おねえさんが
手ぬぐいをざばっと上にあげると
白い布にできた小さな水溜まりの中で
めだかがたくさん泳いでいた

めだかはどこからくるの？
この川はどこからながれてくるの？

この山のずっとずっと上のほう

この山のずっとずっと上のほうって
どこなの？

さがみがわから　どうしがわ
どうしがわから　かつらがわ
とおく　ふじさんから　ながれてくるんだよ

わたしは　遠い遠い富士山の麓から
冷たい水がぷうっと湧き出ては
山から谷へ　谷から村へと曲がりくねり
魚を連れて下ってくるのを思い浮かべる

たくさんの子どもたちが
めだか掬いをしているのをかいくぐって
めだかの群れは　それぞれ
遠足のようにやってくるのだ

くちびるが紫色になり鳥肌がたっても
逃がしては掬い　また逃がしては掬う
めだかは　流れの緩い溜まりの中で
散ったり集まったりしながら
じぐざぐ泳いだ

わたしは何回やっても逃げられた
広げた手ぬぐいを　すばやく
水中から持ち上げるのは力がいる
はやく　おねえさんみたいになりたかった

あ、また逃げられた！

遠く富士山から桂川　桂川から
道志川　道志川から相模川へ　川は流れ下り

逃げられても逃げられなくても
わたしたち　たくさん笑いころげた
めだかに遊んでもらっていたのも気づかずに
川がお母さんのようだったのも気づかずに

## ツリーハウス

ぱく　もぐ　ぱく　もぐ
ぱく　ぱく　ぱく

豚小屋の横を通り抜けると
池があった
鯉は
白いソーメンを
上手に口に咥えて
泳ぎ回っていた
水中で
ながいソーメンをなびかせて

泳ぎ回る鯉たち
鯉たちのためにと茹でられたソーメンは
粉から捏ねて作られたもの
ほら、みんなよろこんでいるよ
まいあさ
おばあちゃんはわたしの小さい手を握って言った
トマトの実が赤々とゆれ
山羊は黒曜石のような美しい玉を産み落とし続けた

ぱく　もぐ　むしゃ　ぱく　ぽと　ぽっとん

近所のおにいちゃんやおねえちゃんたちが
なにを言っているのか
さっぱり　わからなかった
くちびるが縦横ななめにすばやく動くのを
ひたすら見上げていた

鯉よりも山羊よりもトマトよりも豚よりも鶏よりも
さっぱり　さっぱり　わからなかったんだ

夏の　墓参の帰り
久しぶりに
湖の縁から底をのぞいてみたくなって
どうしても
みんながいた場所を見たくなって
あの村に続いていた山道を下って行った
水辺へと続く　道なき道を

おばあちゃーん、おじいちゃーん、
おかあさぁーん、おとうさぁーん、
山羊たち、鯉たち、豚たち、鶏たち、
みんなぁー、
どこにいるの？

ぱく　もぐ　むしゃ　ぱく　ぱく　ぱっくん

山道を下って行くと
いちばんはじめにドングリの大木を見つけた
昔のまんま　太い根で赤土を鷲摑み
まだ　生きていた！
生きていた！

ぱく　もぐ　むしゃ　ぱく　ぱく　ぱっくん

いっつも追いかけていた
学校に入る前から
なにを言っているのか
さっぱり　さっぱり　わからなくても
近所のおにいちゃんやおねえちゃんのあとを追いかけて

走り回っていたっけ
田んぼのあぜ道　山道　野原道
川原の石ころ　とんとん渡り

折れ曲がる
ヘアピンカーヴの山道
片側は剝き出しの関東ローム層の赤土が切り立っていた
その曲がり角の赤土のてっぺんに
ドングリの大木が
太い根を巨人の掌のように広げ大地を鷲摑んでいた
昔のまんま
節くれ立った太い指の下は洞窟で
おにいちゃんたちは
木の葉や枝を集めて秘密基地を作っていたんだ

ぱく　もぐ　むしゃ　ぱくぱく　ぱっくん　ぽと　ぽっとん

みんなのかん高い叫び声は
坂を下った川沿いの村まで響き渡った
おにいちゃんたちのくちびるは
すばやく動く
鯉よりも山羊より豚よりも鶏よりも
わからない
わからない
ぱくぱくぱくぱく　ぱっくん　もぐ　むしゃ　ぼっとん
見ているうちに急に大便をもよおした
うんこ、したい……と言うと
………、いいよ、と聞こえ
わたしは
おもむろに基地のど真ん中にやってしまった
ちょうど誰もいなくなった一瞬のこと
そのとたん

臭いがたちこめ
秘密基地の周辺は大騒ぎになってしまったっけ
おにいちゃんたちは
ひどく怒って
ばくぶくばくぶく　ぶちゃぶちゃ　ばっぐん　ばぐばぐ　ばぁん！
怒鳴り散らしながら
どこかに走って行ってしまった

みんな　どこにいるの？

ばぐぶぐばぐぶぐばぐぶぐばっぐん
ぶちゃぶちゃ　どっぷん　どっぷん　とぷとぷとぷ

鯉よぉっ！
山羊よぉっ！
来いよぉ！

みんなぁっ！

とっぷんとっぷん　とぷとぷとぷとぷ　とっぷん

はなればなれになっちゃったね
村が湖に沈むとき
みんな　みんな　いなくなっちゃって

とっぷんとっぷん　とぷとぷとぷとぷ　とっぷん

湖の底には
わたしたちがいた村があったのに

みんなぁーっ！
ドングリの大木はまだあったよ
まだ　生きていた

昔のまんま
巨人みたいに大きな掌を広げて
赤土を摑んで立っているよ
根っこの洞窟は
わたしたちのツリーハウスだよ！

とっぷんとっぷん　とぷとぷとぷとぷ　とっぷん

おばあちゃーん、
おじいちゃーん、
おとうさぁーん、
おかあさぁーん、
けんろくさぁーん、
おなかさぁーん、
おりんさぁーん、
きよっさぁーん、

ねぇ、みんなぁーっ！

山羊が産んだ黒曜石の丸い玉、ときどき逃げ出した豚、
たわわに実った黄色い柚子の実、真っ赤に熟したトマト、
まだ温かい産みたての卵、………、

とっぷんとっぷん　とぷとぷとぷとぷ　とっぷんとっぷん

鯉たちが咥えた白いソーメンが湖の底でなびくのが見えた？

村は食べられちゃったの？

なにに？

あは、
食べられてなんかいないさ

ドングリの大木みたいに
続いていくのさ

墓参の帰り
駅まで姪の車で送ってもらう
血脈のように続く路線図を見上げ
乗車カードをチャージする

# 午前四時

ふいに　誰かが
頬に　くちづけをする

階下から
張りのある声が聞こえる
活気のある抑揚
フェルマータがまざる
懐かしいアレグロ
お父さんだ

あさいちばんで

取引先と電話している
デスクの横で
お母さんが笑顔でふりむく

お父さん
また新しい商売を始めたんだね
柔道はあんなにつよいのに
お金はまったく計算できないんだから
もう借金取りに追いかけられるのはいやだからね
こんどこそ儲かるといいね
すぐにへこたれるお父さんを
これからも　よろしくね
お母さん

お母さんは計算機を打ちはじめる
スタッカートは

むなぐるしい予感
ショパンのワルツが聞こえる
乱舞し
湿った匂いがする

お父さん
ピアノを買ってくれてありがとう
お母さん　お祭りやお正月に
いつも着物を着せてくれて
ありがとう

しあわせ
春の土ぼこりの匂い
バッハのパルティータ
かけあしの

フォルティッシモ
石畳の靴音は
濡れている

きょうも
お父さんとお母さんは
どこか遠いところに
いそいでお出かけ
車に乗って
いつも

もっともっと　たくさん
いろんな　ありがとうを　言わなくちゃ
はやく　もっと
言わなくちゃ

お父さーん！
お母さーん！
声が出ない

雨音とともに立ちのぼる
匂い
春の土ぼこり
パルティータ
アレグロ
猫がくるったように部屋じゅうを
かけまわる

あれ

ショパン
アレグロのワルツ

やっぱり　そうだよね
お父さんも
お母さんも
もうとっくに
この世にいないのだ

のどをならして
猫のミュウちゃんが
わたしの鼻を
甘嚙みしている

ようやっと
眼をあけると
泣いていた

夜明け前四時

何かがドアを開けて
かけあしで出ていく
ふくすうの
足音

車が濡れた路面をはしっていく

## 黄浦江（こうほこう）

ゆうるりゆったり曲がる
蛇行、メアンダー、
いいなぁ
だこうって
いいなぁ
ねぇ、カコ、
はずんだ声で
オリエンタルパールタワーから黄浦江を見下ろす
銀行員だったカコは
パンフレットを片手に
あれが

ジンマオタワー、
ファイナンシャルタワー、と真剣に確かめている
案内のヤンさんがケイタイをとり
メイファンの試験はうまくいきました、とエイ語で報告してくれた
メイファンは黄浦江の対岸の大学院で難しい試験をひとつ終えたところ
だこう、ゆうるり曲がって　まるまってメアンダー、
ヤンさんはメイファンのクラスメイト
来月からヤンさんはアメリカに、メイファンはベルギーに
交換留学生で出かけてしまう
難しい試験を終えたメイファンの胸の晴れ間が
カコとわたしとヤンさんを包み込む
ゆうるり　まるまると
だこう、メアンダー、

きょうは
川沿いのワイタンを歩いてから

エレベーターで上昇し
ゆうるり、まるまるまると、螺旋階段を昇り
東方明珠電視塔、オリエンタルパールタワーの
地上二五九メートル
展望台にいる

ゆうべ泊まったホテルのベッドで見た夢は
広い野球場のマウンドで
大勢の人に胴上げをされていた夢だった
わぁーっ、と大きな声で寝言を言ったよ、
カコがカーヴする長い髪をとかしながら教えてくれた

ああ、これが蛇行、メアンダー、と
ずっとずっと前　高一の夏
橋の上から見下ろした
地理の授業で

蛇行すなわちメアンダー、と知って
部活の帰り
近くの川で写真を撮った
身体の奥深い場所で雷鳴が轟いた
旋回しながら　深く　深く　落ちていった
あの川も蛇行していた　幼いときによく遊んだ
湖底に沈んだ村の　あの川も
メアンダー、蛇行していたんだ
雷鳴は　身体の奥底まで轟き　反響した

あれ以来
ミシシッピ、四万十、ユーコン、ハドソン、アマゾン、テムズ、
テレビや地図　旅先で　飛行機の窓から
よく写真を撮った
蛇行する川を見かけるたびに
十六歳の制服を着た少女になり　体内で遠雷が轟く

深く　深く
故郷の川は湖の底でもなお
美しいメアンダーを描いていることだろう

黄浦江
ウィキペディアには
「上海市の主要水源であるが、豚の死骸や糞の不法投棄が常態化している」
と記され
広大な国土の西方、そしてなおその西方の山岳地方では
異教徒への激しい弾圧が続いているというニュースが
ニホンまで届くが
川面は茶色く濁りすべてを覆って光っているから
わたしは　わたしたちは　そのことは喋らない
喋ったら　喋ったら
わたしたちは　わたしたちでいられなくなるかもしれないから

轟く
遠雷
巻き上がり　蘇る
ニホン、湖に沈んだ故郷の村に沿って
川は
まるまると　まあるく蛇行していたんだ
だこう、
メアンダー
黄浦江の流れは
ゆうるりゆうるり九十度に折れ曲がり
試験を終えて駆けつけた
メイファンと合流する
展望台の隅の土産物屋で翡翠を物色するわたしに
パールがいちばんいいね、とメイファンがニホン語で言う
耳には大粒のパールのピアス
きれい

東方明珠電視塔、オリエンタルパールタワー、

ニューヨーク、わたしはメイファンにニホン語を教えていた
マンハッタン、カコとは同じ語学学校だった

上海、
地上二五九メートルの透明ガラスの床の上
市街地の上空
カコ、
ヤンさん、
メイファン、
わたし、
それぞれに違う大きさ
違う靴の
片方を載せ
四葉のクローバーの形にする

写真を撮る
ウィチャットで送り合おうね

まるまると　まあるく
蛇行した川から上昇する気流はやがて竜になる
空を旋回する
ゆうるり　まあるく　まるまると
カコ、
ヤンさん、
メイファン、
わたし、

竜が
わたしたちの周りを旋回する

遠雷が
きりきり胸に刺し込む
いつか　わたしは
黄浦江から長江に合流し遡ることがあるだろう
大陸の奥地まで
いつか　わたしは
茶色い川面の内側を覗き暴いてしまうかもしれない

わたしは両手で
四葉のクローバーを包み込み
温める

## 空は細長く

半世紀も前の写真だった
湖に沈む前の　生まれ育った村が写っていた
あの頃
まだ電車の音さえ聞いたことがなかった
見事な河岸段丘の底にある猫の額ほどの小さな村からは
空は蛇行する川の形に沿って
どこまでも曲がりくねる道のように細長く見えた
両岸に連なる山々が
空に向かって腕を伸ばし掌を広げていた

あの頃

朝露に濡れた叢の中に光り輝く黒いものを見つけ
両手いっぱいに乗せて寝起きの祖母に向かって
庭から叫んだ

こんなにきれいなものみつけたよ！

あれは
誰よりも早起きしてパジャマのまま家を飛び出し
内緒で　山羊の乳搾りを試みようとしたときのことで
祖母は縁側に立ち　慌てふためいて
すぐに地面に捨てなさいっ、と泣きそうな顔で言った

理解できなかった
これが山羊のうんこだなんて
こんなにきれいなものを捨ててしまうだなんて

その後のことは忘れてしまった……

あの頃
空は細長く
幼かったわたしは
友だちと遊びすぎて遅くなると
覆いかぶさってくる漆黒の森の真上に開いた
藍色に曲がりくねる空をなぞるように見上げながら
急な坂を一目散に走り降りて家に向かったのだった
たぬきやきつねに化かされないように
折り返しカーヴする山道を何度も曲がり

航空写真では
河岸段丘の崖は切り立っていて
なんだかグランドキャニオンに似ていた

底には蛇行した川が流れ
村は小さくうずくまり川をあやしていた
左の方には
地層が剝き出しになった崖もあったっけ
黒い土　赤い土　小石混じりの土の層が幾重にも重なり
暗くて　見えない重苦しいものが
肩にずしっと圧し掛かってくるようだった
ああ　山道はインカ帝国の遺跡に刻まれた蛇だ

あの頃
空は星が煌き藍色に曲がりくねり
蛇は竜になって天空に翔け上がった
今でも　黒光りする山羊のうんことともに
思い出す
星を孕んだ竜の姿を

# 巡礼

観光バスは
ユーラシア大陸の果てまで旅を続けた

ポルトガル
聖地ファティマは
小雨が濡れそぼっていた
立ち込める霧の中を分け入って行くと
聖堂へと続く道の上を　列になって
跪（ひざまず）いたまま進んで行く巡礼のひとびとを目撃する
襤褸（らんる）と化した膝あてを頼りに
祈り跪きながら

雨の中を進んでいくひとびと
太陽が狂ったように空をぐるぐる回ったという伝説の町で

拡声器から聞こえる罅割れた声の方に向かって
広場を歩いて行くと
司祭が大勢のひとびとを前に説教をしていた
舌を震わせるＬの発音はどうしてもできない、
連れの男にのんびりと耳打ちをし
群衆から距離を置いて佇む
ぼんやり
音楽のように抑揚することばに耳を傾けていた

抑揚の音符は
空っぽの体内に降り注いでいった
やわらかい雨のように
ただ　降り注いでいった

だけだったのに

体内に
うわっと
湿気がわき上がり
遥か極東のジャパン、フヅクラ、が
広がった

霧が立ち込める
山間の村の茅葺屋根の家々
大イチョウ、レンゲ畑、川原への道、渡し船、竹の手摺がついた粗末な橋、
細く曲がりくねる急な坂道を
毎朝　俯きながら登って行くひとびとの姿は
さながら巡礼者のようだった
「昭和」という時代に導かれて
茅葺の家も、大イチョウも、レンゲ畑も、渡し船も、手摺が竹の橋も、

先祖代々の屍を　慈しみ　育んだ　温かい土も、
湖の底に
置き去りにせねばならなかった
わたしも　そのように
「昭和」の坂を登ったのだった
視界の悪い道を

ふいに
嗚咽してしまう
熱い涙が頬を伝わるのを抑えられなくなる
炎のように　狂おしい　涙
哀しさなのか　いとおしさなのか　怒りなのか
今はもういない
たいせつなひとびとに
とつぜん　召喚された
身体の奥深くで漣立つ

湖の底から
召喚された
狂おしく

あれは
銀色のロザリオだった
黒く変色した桐の抽斗で眠り続けていたのは
幼い頃
生家の仏壇の横で
そっと手に取ったことがあった
もう
どこをさがしても見つからない

ファティマ
ユーラシア大陸の果てでは
蒸気した大気にかきまぜられて

混血し混在する
アズレージョ、
イスラム様式の建物、
カテドラル、
広葉樹林のジャングル、
野良犬たち、

ジャパン、フヅクラ、
川沿いの小さな村は
村ごと大移動した
ぐるぐると長い歴史を襤褸のように纏って
混血した
岩清水とカルキ臭い水道水、
麦畑と新興住宅地、
庚申塔の道はバイパス道路へと続き

わたしたちは
捧げた
ダム湖のために
失った
河岸段丘の底のすり鉢状の土地を
土地の名前を
新しい歴史のために
「昭和」の、カミ、の、キャピタリズムに
わたしたちは
跪いた
跪かねばならなかった
混血した

やがてその湖にもセシウムが容赦なく降り注ぐなんて
誰が予想しただろう

わたしたちは
跪いた
テレビの中でしか見たことがなかった文化生活
キッチンテーブルを囲み椅子に座っての食事
ベッドやクローゼットのある子ども部屋はリノリウムの床だった
ソファやステレオのある応接間　水洗トイレ……
ア、カルーイ、ナ、ショ、ナール！
歌いながら舗装された道路をスキップした
跪いた
捧げた

戦国の世から、
江戸、明治、大正、昭和、平成、……
長い歴史を襤褸のように纏って
わたしたちの巡礼は
昏く

続く

深夜
ファティマから
バスを乗り継いでリスボンに到着する
雨に濡れそぼる石畳の坂を
連れの男と並んで登って行く
立ち込める
霧の中を

## あとがき

一九六五年、神奈川県相模原市（旧津久井郡）に城山ダムが完成した。ダム建設のため、相模川沿いの荒川、小網、三井、不津倉などの集落が津久井湖の底に沈んだ。相模川は江戸時代から水上交通が盛んだった。わたしが暮らしていた不津倉には、江戸時代、対岸への渡船場があり、集落全体が南向きで地の利がよく、当時は栄えていたため富津倉と記されていたとのことだ。渡船場は集落が移転するまで続いていた。本書では、イメージが伝わりやすいように「村」と表現している箇所もあるが、ダム湖に沈む前は二十七世帯ほどの小さな集落だった。世帯数が少ないのでお互いに先祖代々からの知り合いだ。わたしが生まれる前、母親の胎内にいた頃から、集落の人々はわたしのことを知ってくれていたのだと思うと、胸が締め付けられるような郷愁を覚える。生家はもともと養蚕農家であった関係から、祖父の代から製紐工場を営んでいた。人々は、土地の歴史と深く結びつき文化を育みつつ営々と暮らしてきたのである。

時代が移り変わり風景が全く変わってしまったとしても、その土地が存在していれば、少なくとも自分の足で踏みしめ、かつての場所の変化を確かめることができる。しかし、ダム湖に沈んでしまった土地は名実ともに失われ、足を踏み入れたくても踏み入れることすら許されない。土地には、歴史、文化、自然の記憶ばかりでなく、代々暮らした人々の体温や気配さえも刻まれているというのに。

生家が不津倉から新しい土地に転居したのは一九六三年のことだ。その約十年後のある朝、不思議な夢を見た。不津倉出身の近所のおじさんと同じバスに乗っていた。揺れる車中でおじさんの足はふらつき心もとなく、わたしはおじさんを背負い座席まで連れて行った。おじさんは驚くほど軽かった。目的のバス停近くには、ダム湖に沈んだ集落に続く道があった。気になっておじさんの後を追っていくと、おじさんは振り向きもせずに湖の中にどんどん歩いて入って行ってしまうのである。大声で名前を呼んでも一向に振り向かない……。そこで目が醒めた。台所で朝食の準備をしていた母に夢の話をすると、その方が亡くなったという電話を今しがた受けたばかりだと言うのである。夢の正体は非科学的な単なる虫の知らせのようなものだったのかもしれない。しかし、わたしは、その夢を見て以来、集落で人生の大半を過ごした人々の多くの魂は湖の底のかつて生活した場所に戻り、再び以前と変わらぬ暮らしを続けているように思えてならないのだ。そして今なお、失われた集落への人々の強い思いを感じずにはいられない。その後の生活が一変してしまった複雑な悲喜交々を思わずにはいられない。

山間の町を出て広く多様な人々が暮らす世界に出たいと若い頃から思っていた。五十代半ばになって世界の大都市ニューヨークに二年間の留学を果たし、自分の深部と向き合えたものの、不津倉の記憶には、まだ蓋をしていた。帰国して間もなく、水没する前の集落が写っている航空写真を旧津久井郡に縁の深い詩人の八木幹夫さんがEメールで送ってくださった。初めてその写真を見た瞬間、閉じ込めていた不津倉への郷愁が呼び醒まされ、パソコンの画面を見ながら涙が溢れてきた。このとき、わたしが次に書かねばならないのは不津倉のことだと確信した。そこで前詩集『ニューヨーク・ディグ・ダグ』に収めた詩群と並行して、不津倉への思いを、おぼつかない記憶をたどりながら書いてきた。不津倉での生活の記憶があるのは、わたしの世代が最後となるのかもしれない。誰かが書いて、豊かな自然に恵まれた風光明媚なあの場所の記憶を少しでも残さなければと思った。

わたしが不津倉に暮らしていたのは七歳半までだ。河岸段丘の急な山道に広がる豊かな自然を慈しみながら、幼稚園や小学校に通った。不津倉は山から直接引いた水を、飲み水はもちろん生活用水にしていた。夏は山道の途中にあった清水の湧き出ている岩場に行き、冷たい水を大きな薬缶にたっぷり汲んで家まで運び飲んだものだ。今思えば、なんと贅沢で豊かな暮らしだったのだろう……。わたしの記憶は、一部始終くっきり残っているものもあれば、場面だけが写真のように鮮明に、あるいはうすぼんやりと、脳裏に焼き付いているものも多い。この詩集に収めた詩篇には、事実とは異なる幼児の頃の幻想や空想も含まれている。

『ふづくら幻影』を書くきっかけを与えてくださり栞文を書いてくださった八木幹夫さん、美しい銅版画を提供してくださった武田史子さん、執筆過程で多くのアドバイスをくださった東急ＢＥ「詩の講座」の講師だった川口晴美さん、合評会でお世話になっている「ユアンドアイの会」の皆さん、本詩集の編集に携わり様々なご助言をくださった思潮社の藤井一乃さん、美しい装幀をしてくださった装幀室の和泉紗理さんに心より感謝申し上げます。

二〇二一年五月

長田典子

長田典子（おさだ・のりこ）

一九五五年　神奈川県生まれ

詩集

『夜に白鳥が剝がれる』（一九九二年、書肆山田）
『おりこうさんのキャシィ』（二〇〇一年、書肆山田）第三十四回横浜詩人会賞
『翅音（はねおと）』（二〇〇八年、砂子屋書房）
『清潔な獣』（二〇一〇年、砂子屋書房）
『ニューヨーク・ディグ・ダグ』（二〇一九年、思潮社）第五十三回小熊秀雄賞

# ふづくら幻影（げんえい）

著者
長田典子（おさだのりこ）
発行者
小田久郎
発行所
株式会社　思潮社
〒一六二－〇八四二　東京都新宿区市谷砂土原町三－十五
電話　〇三（五八〇五）七五〇一（営業）
〇三（三二六七）八一四一（編集）
印刷所・製本所
三報社印刷株式会社
発行日
二〇二一年九月一日